SENSATIONS DE PARIS

LE QUARTIER LATIN

PAR

MAURICE BARRÈS

32 Croquis par nos meilleurs Artistes

PARIS

C. DALOU, ÉDITEUR

17, QUAI VOLTAIRE

1888

LE QUARTIER LATIN

Il a été tiré vingt exemplaires sur Japon

Prix : 3 francs.

SENSATIONS DE PARIS

LE QUARTIER LATIN

CES MESSIEURS — CES DAMES

PAR

MAURICE BARRÈS

32 Croquis par nos meilleurs Artistes

PARIS
C. DALOU, ÉDITEUR
17, QUAI VOLTAIRE

1888

SAINT-DENIS, — IMPRIMERIE LÉON MOTTE, 20 BIS, RUE DE PARIS

LE QUARTIER LATIN

MONOGRAPHIE

Les boulevards Saint-Michel et Saint-Germain ont pu modifier la topographie et les mœurs de la rive gauche, n'empêche que ce coin de Paris, depuis des siècles illustré par messieurs les écoliers et par leurs jeunes amies, conserve un aspect spécial. Toujours cette double gloire des adolescents couronna les vénérables pentes du mont Sainte-Geneviève.

Sans doute le souvenir de ces lieux dépasse étrangement le spectacle qu'ils nous donnent aujourd'hui. A cette place qu'immortalisa Héloïse avec Abélard, où nos pères virent le *Quartier-Latin*, frétillant et humanitaire comme une chanson de Béranger, aujourd'hui des simili-gommeux s'attablent dans des brasseries. Mais c'est toujours le lieu où naît l'âme de demain. Quelque jour les mœurs de cette jeunesse, agrandies par la légende, entreront, elles aussi, dans l'admiration de nos petits-fils.

Quel esprit, si chagrin soit-il, refuserait son indulgence et son intérêt à ces jeunes gens ? En famille, le soir, l'honnête homme, qui fume sa pipe, se sent rajeunir à parler de ces « gaillards » ; et dans les dîners officiels, l'orateur, bras tendu et la voix vibrante, les évoque disant : « Cher printemps de la patrie... »

CES MESSIEURS

I

Sur cette rive gauche, on rencontre des Polytechniciens, jeunes hommes qui subirent des examens ardus, qui sont costumés de noir et galonnés de rouge et abritent sous des bicornes dorés leurs visages satisfaits et fatigués.

Parfois des Saint-Cyriens, gentilshommes qui passèrent des examens moins pénibles, mais sont plus forts en gymnastique et portent des képis. Déjà ils s'exercent à ces attitudes cavalières que seules les années et un excellent culottier pourront amener à ce suprême ton qui charme la province et l'amour.

Aux élèves de l'École centrale leur règlement interdit la fréquentation du quartier, à cause que leur jeunesse, non bridée du harnais militaire, se pourrait échauffer jusqu'à négliger la mécanique officielle pour des engrenages prohibés.

Quant à ceux de la rue d'Ulm, messieurs les normaliens, ils consacrent leurs jours de sortie à prendre des leçons de danse et de savoir-faire.

Tous ces jeunes hommes des écoles fermées forment d'ailleurs une caste spéciale, un peu froide et gourmée. Identiques et maigres, tous, Saint-Cyriens et Polytechniciens, aux jours réglementaires, ils sortent de leurs casernes, vêtus de costumes somptueux et de souliers tout propres. Ils sont graves et vergogneux. Ils évitent le commun des adolescents. Encore qu'apoplectiques d'amour, ils demeurent sanglés, gouailleurs et timides auprès des jeunes filles. Restaurateurs et cafetiers, empressés et tête nue, les saluent.

Mais le véritable étudiant, c'est vous, bon peuple divers, qui flanez sous l'Odéon à la lecture en plein vent, qui garnissez les terrasses élégantes du boulevard Saint-Michel ou entassez des soucoupes dans des tapagies. Vieux routiers qui fument des pipes, qui possèdent un rond de serviette dans toutes les pensions et une amie dans toutes les brasseries du quartier, ils ont cette faveur de tutoyer des garçons de café, ils échappent à toute discipline, et chaque jour ils s'instruisent, selon leur tempérament, aux compromis de l'existence d'un galant homme. Au demeurant ils cultivent le droit, la médecine ou la pharmacie ; quelques-uns même s'échauffent pour la littérature ou les arts plastiques. Et les plus nobles de ces spécialistes, dans l'emportement de leur vocation, se méprisent les uns les autres.

UNE JOURNÉE D'ÉTUDIANT

Dès huit heures, quelques-uns, les *bons jeunes hommes*, le teint frais, la serviette sous le bras, gravissent la montagne Sainte-Geneviève, où des érudits, verbeux et subventionnés, leur détaillent, selon la formule, les artifices du peuple romain avec les embûches de notre législation. L'auditoire somnole et suce ses crayons dans une atmosphère méphitique, jusqu'à ce que sonne onze heures, enfin.

Des scènes analogues, aussi peu intellectuelles, se

déroulent dans les locaux de médecine, de pharmacie et à la Sorbonne.

Les meilleurs de ces *bons jeunes hommes*, à la sortie du cours, font les cent pas pour croiser leur professeur qu'ils saluent.

LE DÉJEUNER

A Paris, l'adolescent de vingt à vingt-huit ans se prépare, par la débauche et l'économie, les dyspepsies, gastrites et cancers, qui, vers quarante ans, lui feront une physionomie distinguée.

C'est d'abord le déjeuner à la pension (90 à 120 fr. par mois et du crédit) :

Devant moi, un étudiant en médecine lit *Le Temps*, de la veille, qu'il appuye contre sa demi-bouteille, et il mange dans d'énormes proportions. Il a une mâchoire puissante et de l'obstination. Jamais il ne parle, sinon, roulant des yeux timides et d'une voix sourde, à son voisin. Ce rural vigoureux toujours respectera les institutions, toujours il remplira sa tâche en parfaite honnêteté : toujours sera estimé et toujours sera embêtant.

A son côté, un autre médecin, vieillot, bredouillant et rageur, prouve avec âpreté combien les études médicales l'emportent sur tout ordre de connaissances et notamment sur le droit. Il triomphe par l'ironie, par les statistiques et à citer les bénéfices des grands praticiens. Il est vêtu d'une redingote. Il a peu de cœur ; dans ses transports hygiéniques, c'est une personne toute maigre qu'il presse dans ses bras débiles.

Un jeune homme, presque un avocat, a pris la parole. Il ment volontiers par chaleur d'âme. Il discute de Dieu, de la République et des médicaments. Il excelle à poser un dilemme en versant à boire aux dames. Il cite Sarcey, et tous se sentent devenir meilleur : « Ah ! le bougre ! s'écrie l'assemblée d'une seule voix ! En voilà un qui gagne de l'argent ! Et, vous savez, toutes les actrices... »

Je découvre pourtant un spécimen de l'ancienne race, si féconde en tribuns, un brave ivrogne et bien velu. J'avoue qu'il ne fait pas de politique; mais que sa voix est dans la tradition, gutturale et formidable! Des nuits entières, on l'entend hurler, monotone et obscène. Il vomit des injures, très ingénieuses et très odieuses, contre le maître de pension, sous les fenêtres même du brave homme. Pourquoi ? Le gargotier l'aime pourtant, et ces deux débris de la gaîté française se consolent à boire de longs apéritifs tout le jour. Né trop tard, ce viveur est timide au grand jour, morne et pareil au phoque du jardin des Plantes. Il fait pitié. Quelques-uns l'envieraient, mais quoi ! La vie est-elle faite pour rire? Puis il faut tant d'argent pour être bohême aujourd'hui...

On parle de Bullier qui est moins beau que le bal de l'Opéra. Mais à l'Opéra, il faut vêtir un habit. Et, disent-ils, nous n'en avons guère. Ce leur paraît même un objet ridicule. Puis ils parlent du mariage, ils sourient sans méconnaître toutefois les bons côtés de cette institution : « Hélas, déclare celui qui n'a pas d'habit, après tout ce que nous avons vu et fait, pourrons-nous jamais aimer? » Cet opinant a le crâne cylindrique, une figure béante et un corps de charretier dans une confection de la Belle Jardinière. Alors, par l'un d'eux, géant à poil noir, furent murmurés ces mots définitifs : « S'amuser, c'est bien ; mais ça fatigue. Comment tous les soirs trouver du nouveau !... Travailler, près d'un bon feu, avec une bonne pipe, c'est meilleur. Mais à quoi bon? J'ai connu tous les os du crâne par leurs noms, et je n'en sais plus un seul... »

Tous picotaient avec leurs couteaux des miettes de brie, dans leur assiette..... L'ivrogne et moi, nous sortons de cette école de vie pratique, tous deux mélancoliques, d'ailleurs pour des causes différentes.

L'APRÈS-MIDI

Sous l'Odéon, sentine de littérature, se gargarise, de sonnets si je ne m'abuse, tout un groupe bizarre. La nouvelle école, me dit-on. Ils sont une douzaine qui fument, avec une exquise maladresse (et combien de nonchaloir !) des cigares de dix centimes allumés en cuiller. Ils ricanent, et l'on dit qu'ils vont fonder une revue.

Cependant les petites filles apparaissent, bouffies et dodelinant, qui s'en vont chez monsieur le coiffeur. C'est deux heures de l'après-midi.

Quelques étudiants vont, chez *Vachette*, au *Soufflet* et ailleurs, s'exaspérer dans un baccarat, où je jure que l'avantage demeurera au roumain, au valaque, au serbe, et à toutes les principautés danubiennes.

Les plus circonspects rentrent en leurs médiocres garnis (50 francs par mois) pour méditer les manuels et s'efforcer, aux mois d'hiver, d'allumer un coke rebelle. Mais bientôt hébétés par le subtil Cujas et par toute l'intrigue des hypothèques, ou encore découragés par le grand nombre de nos os qu'ont catalogués les maîtres, ils se munissent de pipes et de tabac et s'enfuyent les uns chez les autres. Encore pour franchir ces heures ardues de la digestion, ces rochers abrupts qui s'étendent de deux à six heures, leur faut-il parfois s'arroser d'alcool familial.

LE DINER

Enfin arrive le soir, prairie arrosée de bière où paissent de belles génisses superbement parées et prêtes à tous les sacrifices. La joie, avec ses bottines pointues, son binocle et son grand faux-col, s'assied aux terrasses du boulevard. Si l'on ne peut nier que ce quartier

Saint-Michel exhale une terrible odeur de cigares humides et de café à la crème, ajoutons que les jeunes gens des deux sexes, à dix-neuf ans, aspirent joyeusement cette haleine de médiocrité.

« On y mange assez mal, mais c'est gai... » Cette phrase doit être dite avec un sourire indulgent et un geste de l'épaule. On ajoute d'une voix posée : « Et puis c'est de la vraie viande. »

Sur ces mots, on entre au restaurant très illuminé et où l'on peut, pendant huit jours au moins, trouver de l'imprévu.

Pour retourner le soir à la table d'hôte du matin, sombre et monotone, mais économique, il faudrait trop d'énergie. Au restaurant (3 francs environ le repas), les filles, seules, ou accompagnées et alors discrètement saluées très fort par les intérimaires, mènent la joie et le tapage. Rarement jolies, mais gracieuses parfois et toujours ingénieuses à se faire remarquer. Elles ont de la verve, la tradition de certaines réparties plaisantes, des goûts jeunes, plus de sincérité que les étudiants en droit, moins de grossièreté que les médecins. Quelques-unes sont populaires. La majorité des dîneurs, qui pour des raisons d'économies, qui par défaut d'analyse, ne connaissent d'elles que l'audace de leurs chapeaux et de leurs rires, et conservent ainsi des illusions.

Autour de moi, un grand nombre d'axiomes sont formulés. La jeunesse aime à affirmer :

— Ça n'empêche. C'était autrement gai il y a trois ans. Je...

— C'est très bête de dépenser son argent dans les brasseries. Je...

Il est élégant de dîner, solitaire et muet, à une petite table où il y a des marennes vertes et une bouteille dans son panier d'osier ; au dessert, fumer un *bock* du garçon. Le sublime serait de conserver un naturel parfait. On peut aussi avoir l'air lassé ; en ce cas, le thé au lieu de vin est de bon ton, d'ailleurs économique.

Mon voisin assistait à la séance de la Chambre. Les députés de chez lui l'ont fait entrer : des farceurs ; ils étaient heureux de lui serrer la main...

Je songe à ce qu'écrivait jadis un observateur : en France, il n'y a que deux partis politiques, les gens de vingt ans et ceux de quarante. Cela fut vrai. Aujourd'hui ces jeunes étudiants sont vieux, réellement. De plus en plus, la question se réduit à ceci, qui est grave : ceux qui ont et ceux qui veulent avoir. Dans cette salle, près des filles aux belles poitrines, dans la fumée des cigares indulgents, quelque nuance qu'on affiche, on sera tous complices pour jouir. Mais des misérables crémeries, à cette même heure, sortent des étudiants, jeunes aussi et besogneux, qui lèchent de poussiéreuses cigarettes, et reintégrent, le cœur aigri et l'estomac empesté, leurs soupentes : de là vient le danger.

LA SOIRÉE

Au long du boulevard, des dames, évidemment subventionnées par les familles pour inspirer aux jeunes gens l'horreur des conjonctions illicites, promènent leurs mœurs faciles et des promesses combien vaines.

Vers Bullier, avec des hurlées et des gambades, tout un peuple se hâte.

En ce local tumultueux, Leo Conor, chef d'orchestre, régit des méridionaux, enivrés

d'être tels et qui pétaradent; des jeunes hommes étriqués, importants et qui doivent de l'argent à leur tailleur; des artistes enfin, penchés et mélancoliques, qui sourient à ces naïves agitations, et appuyent près la pompe à bière leurs fronts trop lourds, ridicules hydrocéphales!

J'aime mieux chanter les établissements « brasseries » où l'on engraisse des demoiselle s pour jeunes garçons ayant de l'argent. On médit volontiers de ces hospitalières ; on les accuse de laideur et d'une grande soif. Elles amollissent pourtant les cœurs des plus goguenards ; c'est auprès de leurs sacoches que nos poètes, nos magistrats et, du moins nos médecins apprennent ce que vaut l'amour.

Enchanteresses ! J'ai soif, leur dit notre jeunesse inquiète. Là fait rage la maladie du siècle. Elles ont pourtant quelques qualités : leur sexe d'abord et puis leur aisance à renvoyer ceux qui ont cessé de boire. Je les préfère après tout, ces dames, aux banquettes ignobles des simples cafés, où, parmi toutes les poses et toutes les esthétiques, de jeunes et de vieux ratés se congratulent.

Elles sont plus décentes ces fillettes, et puis elles ont peut-être de jolis yeux, l'ivresse gaie et pour le moins des hanches ! Seulement et pour bien des raisons, M. le Préfet de police devrait envoyer au lit tout ce monde avant les deux heures du matin qu'il est.

Trois heures !... Les âmes médiocres sont couchées dès minuit ; les amoureux ont déjà cessé de s'aimer. Seuls les plus distingués des jeunes hommes, ces esprits fiévreux que leur génie empêche de dormir, rôdent encore par les rues. A cette heure ils méditent de fonder des revues, ou bien ils se confient leur profond mépris pour messieurs les professeurs. Ils se jurent des complicités éternelles. Puis ils mangent de la charcuterie au comptoir malpropre de quelques industriels. Le certain est qu'ils s'abîment le tempérament.

Le lendemain, mêmes exercices.

Durée moyenne : cinq ans.

CES DAMES

M. E. Lepelletier a connu la maison-mère des brasseries. En 1867, dans un petit café de la rue de la Banque, en face du Timbre, le patron, père de famille, marseillais et roublard, l'aborda d'un air soucieux :

— Les affaires ne vont guère, dit-il. Me voilà obligé de m'en aller ; j'ai encore six mois de bail, aussi, je vais en profiter — ça n'est pas très propre, ce que je médite, mais faut-il pas vivre !

Et il apprit à Lepelletier qu'il envoyait sa famille à la campagne : dès le samedi suivant on serait servi par de gentilles gaillardes qu'un compatriote avisé lui envoyait de Marseille.

Huit jours après, on refusait du monde aux tables

autour desquelles voltigeaient les enfants de la Joliette. Et le patron, son bail expiré, acheta un vaste établissement du côté du boulevard Saint-Michel.

On sait combien son innovation fut féconde.

Les grisettes Mimi, Musette, toutes les nuances de l'amour libre se sont fondues dans la brasserie. Il n'est plus une femme au quartier, qui n'appartienne, peu ou beaucoup, à ces établissements.

Je serais fâché qu'on supprimât le *d'Harcourt*, et ce chapelet de boîtes à femmes qu'on honore rue des Écoles, rue Monsieur-le-Prince et rue de Vaugirard, près l'Odéon ; je voudrais seulement qu'on les améliorât.

Certes, rien ne vaut pour l'hygiène de son âme et de son corps, une soirée qu'on passe dans son bon appartement avec ses amis, avec sa maîtresse ou mieux encore avec soi-même. Mais puisqu'aussi bien le plus grand nombre des jeunes étudiants habitent des logis immondes, et qu'ils ont d'ailleurs l'horreur du chez soi, il faut supporter qu'ils s'entassent dans quelque café. Or, de tous les cafés, la brasserie de femmes est le seul admissible. Il faudrait même honorer le louche industriel qui en conçut la théorie, car d'un sensualisme délicat, elle repose uniquement sur ce principe : *il est agréable de fumer son cigare en regardant rôder une créature qui a pour métier de plaire.*

Que les consommations y soient parfois mauvaises, l'air vicié et les filles de mauvais aloi, le principe n'en demeure pas moins intact. Encourageons les industriels à améliorer leurs établissements. J'en sais d'ailleurs, salles blanches, vastes et presque désertes, où l'on peut se plaire. Et j'estime que la pire brasserie de femmes n'atteint pas à l'incommodité de ces terribles brasseries de bière, honnêtes au goût des austères, mais que traverse le cri des garçons courant, semblables à des locomotives lancées dans un troupeau de bœufs.

Avec sa mauvaise humeur habituelle, M. Huÿsmans a prétendu que certaines *maisons* sont plus pratiques que ces caboulots. Je crois qu'il fait confusion.

C'est vrai, la *maison* offre, dans une salle brutalement illuminée, des amantes nombreuses, qui se pressent éclatantes et nues.

Pour une bande bruyante de dîneurs, ce peut être un amusement. Pour le sensuel solitaire, une étrange, une violente ardeur, tout d'abord, puis un écrasement morne de tout l'être. Et je n'oserais dénigrer la lugubre et très réelle poésie de ces plaisirs atroces.

Mais la brasserie de femmes ne peut pas être assimilée ni comparée à ces antichambres de la volupté. Elle est très réellement un salon. Je l'aime par la discipline sévère qu'y maintient le patron, ou du moins par la gêne qu'imposent aux plus audacieux les autres filles et clients. Coquetterie et flirtage, sans beaucoup plus.

Institution très utile! Pour la plupart des adolescents, c'est une nécessité de passer chaque semaine quelques heures dans la société des femmes. L'atmosphère qu'elles créent n'est guère moins bienfaisante que la caresse qu'elles nous font. Ce radotage superficiel, cette amabilité de ton, ce souci de plaire où forcément elles nous amènent, détendent l'esprit, et raniment des côtés de notre sensibilité trop négligés entre camarades ou dans les besognes. Et puis, c'est une loi mystérieuse de la nature, le bien-être physique, la quiétude de l'homme ne sont pas assurés, si de fois à autre il ne respire pas et frôle une femme. Celui qui s'en tient à de vives possessions devient sec, âpre et trop raide dans ses mouvements.

L'homme à femme qui est, avec sa nervosité aimable, son impertinence des gestes, et sa parfaite politesse de ton, un des types les plus élégants de notre pays, ne devient pas tel pour avoir beaucoup conquis, mais parce qu'il a toujours plu. Ce parfait dandy, même à ses débuts, n'a rien à gagner dans toute la prostitution parisienne, qui sans trêve est affairée. Mais il profitera à passer quelques années de sa jeunesse dans le loisir des caboulots de la rive gauche, à faire sourire et à toucher les petites filles désœuvrées.

Les artistes les plus délicats de cette époque ont beaucoup fréquenté dans les brasseries. C'est là qu'ont été mûries la plupart des esthétiques depuis 1870.

Beaucoup de ces cris du cœur qui nous touchent, vous et moi, s'adressent à quelqu'une de ces dames servantes.

Dans la jolie saison, un brave garçon, qui a de la fantaisie et le désir d'être charmé, sait toujours, parmi trois à cinq cents femmes de son âge, qui ont des chapeaux coquets, de petits pieds et une toilette éclatante comme une armure où leurs corps polissons frétillent, se trouver de gentilles occupations appropriées à son genre particulier.

Autant que des poètes et des viveurs, les plus graves notaires et magistrats de demain s'amusent aux tables de l'amie qu'ils ont élue.

Car vous avez grand tort de traiter ces cafés de malpropres, de nous montrer les coudes des filles maladroitement trempés dans la bière, — leur tic perpétuel de tamponner, avec de la poudre de riz, leur visage qui grimace devant une glace, — l'atmosphère composté de bière aigrie, de femme souffrante et de vieille fumée. Sans doute, je vous entends, et, si vous insistiez, je m'arrêterais pour vomir.

Mais que nous serions ridicules de substituer notre vision à celle des jeunes gens ! Je vous assure qu'ils trouvent tout cela adorable.

C'est qu'ils sont encore vierges. Ils ont le don d'ai-

mer si fort l'objet qu'ils aiment, que rien, hors cet objet, n'existe pour eux.

Cette enfant, qui ne vous paraît qu'une fille banale et que vous refuseriez, peut donner, par une simple gentillesse, d'un sourire ou du bout des lèvres, un plaisir infini à un gamin de dix-huit ans. On rit trop des lycéens et des étudiants de première année. Ils nous paraissent ridicules, ils ne le sont pas tant. Et même on peut dire exactement que leur grotesque n'existe que si on les regarde. C'est votre regard qui les gêne, qui les fait prétentieux. Seuls, ils sont les plus sincères des hommes. La vie les émeut perpétuellement. Ils se font dans les caboulots des émotions incomparables. Tout vieux, ils se rappelleront encore le détail de ces soirées que vous trouvez absurdes. Les rues de Vaugirard, Monsieur-le-Prince, des Écoles et le boulevard Saint-Michel demeureront immortelles pour eux, — comme était la première maîtresse, du temps qu'on avait des maîtresses.

C'est ici qu'ils s'enorgueillissent et qu'ils souffrent.

Le sentiment de l'isolement, voilà toute l'explication de la vie au quartier latin, le malaise qu'adoucissent les brasseries.

Quoi qu'en dise la légende, les années de la première jeunesse sont laides. L'homme ne s'est pas encore fait la vie qu'il mérite; il est emprisonné dans des distractions et dans une société qu'il n'a pas choisies. Plus tard il aura créé son atmosphère et morale et matérielle. Il est de plus fort rare qu'à vingt ans il soit soutenu par un devoir professionnel, par un goût défini de travail. Même chez les plus intellectuels, la vie pousse alors sa pointe dans toutes les directions. Nul ne peut échapper aux écarts des sens et du sentiment. Mais où les satisfaire?

Le monde, la *société* n'offrent aucune ressource au tout jeune homme. « Si l'âme est employée à avoir de la mauvaise honte et à la surmonter, elle ne peut avoir du plaisir. Le plaisir est un luxe; pour en jouir, il faut que la sûreté, qui est le nécessaire, ne courre aucun risque. »

L'adolescent dans un salon est plus occupé à *faire son attitude* qu'à étudier celle des autres et à en jouir. D'ailleurs, quand il aurait, par exception, la précocité des jeunes gens du siècle dernier, quand la grossière éducation d'aujourd'hui n'entraverait pas ses premières années d'émancipé, son âge inspire peu de confiance aux femmes. Elles veulent, pour leur tranquillité, un ami prudent, dont la passion n'éclate pas. C. m'expliquait cela : « Depuis que j'ai quarante ans, je plais aux femmes. Mme X... en me disant : *Je ne suis pas contente de votre dernier article*, sait me faire entendre que j'ai manqué à un rendez-vous sans que personne ait un soupçon. A votre âge, j'avais le front trop prompt. »

Le jeune homme, à qui la société n'offre aucune ressource et qui ne veut pas demeurer isolé, va donc choisir une maîtresse, ce qui est fort difficile : 1° Il ne la trouvera pas dans son monde, mais vulgaire ; 2° il est amené tôt ou tard à une lâcheté vis-à-vis d'elle.

La débauche lui reste, qui ne serait un peu relevée que par beaucoup d'argent, car médiocre elle est la plus froide humiliation où l'homme puisse se courber.

Seule reste donc la brasserie, médiocre salon de flirtage assurément, mais que l'heureux estomac et l'imagination de la vingtième année arrivent à rendre délicieuse, parce qu'elle est la satisfaction d'un besoin sensuel et sentimental.

Je sais bien que je heurte les idées reçues qu'on a sur la brasserie. Cette institution est tenue en discrédit.

C'est qu'on n'aime vraiment que les endroits où l'on

s'est plu à vingt ans. Les brasseries qui choquent si fort nos aînés enchantent depuis dix ans la jeunesse du quartier latin. Je le disais dans les premières lignes : les mœurs de cette génération, agrandies par la légende, entreront, elles aussi, dans l'admiration de nos petits-fils.

Quand les brasseries auront disparu, on oubliera même tout ce qu'elles offraient de choquant pour les regretter. Et cette monographie — écrite pour mes fils quand ils auront vingt ans — leur paraîtra trop sévère envers une institution qu'ils regretteront assurément.

www.ingramcontent.com/pod-product-compliance
Ingram Content Group UK Ltd.
Pitfield, Milton Keynes, MK11 3LW, UK
UKHW020457230726
13925UKWH00005B/1988

9 782013 541350